Allen Fahrern gewidmet.

0 Prolog

Lange Zeit bin ich für Foodora gefahren. Durch wenig an Ort und Zeit gebunden, arbeitete ich in Hamburg-Nord wie in Hamburg-Ost, unter der Woche wie am Wochenende, mittags wie abends. Nur eine einzige feste Schicht gab es für mich jedes Mal: Hamburg-West, Sonntag, 18:00 bis 21:15. Wenn die Supermärkte 20 Stunden am Stück geschlossen haben – das war unsere Zeit, da mussten wir alle auf die Straße. Die Eltern Deutschlands schauen einen Tatort, für den man noch zu jung ist, während man alleine in seinem Zimmer sitzt, vor sich die bis zuletzt aufgeschobenen Hausaufgaben. So sah der Sonntagabend für mich jedenfalls früher aus, als es Foodora noch nicht gab. Ich bin diese Schicht seitdem nicht hundertmal gefahren, aber fast so oft. Der folgende Text ist die Beschreibung einer dieser Abende, wie ihrer aller.

1 Altona-Ost

Etwas Schmerzhaftes, dessen regelmäßige Wiederkehr wir nicht verhindern können – ist das schon ein Ritual? Manche hören vor der Arbeit immer die gleiche Show im Radio, andere kaufen immer ein Brötchen beim selben Bäcker, ich wasche jede Woche um diese Zeit meine Wäsche. Kein Weg umsonst! Auf der einen Schulter die schmutzigen Klamotten in gelber Ikea-Tüte und grünem Sack der deutschen Bundespost, auf der anderen der pinke Foodora-Rucksack – so lasse ich mich ins Treppenhaus fallen.

Die gemeinsame Waschmaschine, für die in den Genossenschaftswohnungen des Hauses Platz wie Anschluss fehlt, steht brav im Keller. Zumindest solange sie nicht zu schleudern hat – dann fängt sie an durch den kleinen Raum zu wandern, bis ihre Kabel und Schläuche gespannt sind, wie die Leinen eigenwilliger Hunde. So gewaltig ist ihr Schleudern, dass es noch bei mir im zweiten Stock zu spüren ist. Es ist, wie sich mir misslungene Sonntagabende ankündigen: durch eine leichte Vibration meines Holzfußbodens. Dann ist mir der Schichtarbeiter aus dem Erdgeschoss oder die Hausfrau aus dem Ersten zuvorgekommen und ich muss Tüte wie Sack in der Wohnung zurücklassen. Vorkommen tut das zum Glück nur alle paar Monate – und auch heute bleibt es ruhig.

Ein Kalender hängt hier unten, auf dem man sich die Waschmaschine durch Eintragung seines Nachnamens für jeweils zwei Stunden reservieren kann. Aber ausgerechnet die Zeilen für die Sonntage sind im Vordruck geschwärzt. Beinahe so finster ist der kleine Spalt Himmel, den ich beim hockenden Befüllen der Trommel erahnen kann, auch schon. Viel kürzer können die Tage nicht mehr werden, denke ich und starre auf meine sich bereits rundherum drehenden Klamotten, zwischen denen als pinker Fleck immer wieder meine Foodora-Regenjacke auftaucht. Eigentlich gibt es für uns Fahrer nur drei Jahreszeiten: die Zeit eben dieser Regenjacke, welche ich wohl bis zum nächsten Jahr nicht mehr waschen werde brauchen; die Zeit unseres Trikots, das ich schon vor Monaten auf dem Dachboden gebracht habe; sowie schließlich die Zeit der Winterjacke, die ich heute zum ersten Mal anhabe. Die mit Sicherheit härtesten Monate kommen von nun an.

Mein Fahrrad hat im Innenhof auf mich gewartet. Während ich es zur Straße schiebe, schaue ich auf meinem Telefon nach dem Wetter: Es wird eine Regenfront aus dem Westen eintreffen – wenn ich Glück habe, immerhin erst nach dem Ende meiner Schicht. Auch Lieferdienste stellen Vorhersagen an – mittels komplizierter Algorithmen berechnen sie aber nicht den zu erwartenden Niederschlag, sondern die Menge der Bestellungen. Auf dieser Grundlage wird dann die Anzahl der benötigten Fahrer berechnet. An einem Sonntag, noch dazu an einem regnerischen, können es gar nicht genug sein.

Wie später nach der Schicht die dann nassen Klamotten über die Wäscheleine, hänge ich jetzt meinen Körper über das Fahrrad. Es ist ein rosa Fixie, das ich aber nicht fixed fahre. Nur online sah es so aus, als würde es farblich zu Foodora-Jacke, -Rucksack und -Helm passen. Trotzdem liebe ich es und würde ihm gerne mehr gleichen: ohne ein überflüssiges Teil, das kaputt gehen könnte. Früher hatte auch ich Räder gehabt mit Schutzblechen, Gangschaltungen, Klingeln, Kettenkästen; bald kaputten Dinge, die ich nie reparierte, sondern immer direkt entfernte – halb aus Unvermögen, halb aus Ungeduld.

Schließlich ist es auf der Straße gar nicht so dunkel, wie es im Innenhof noch wirkte. In dieser Viertelstunde befinden wir uns, in der auf großen Plätzen und breiten Straßen noch der Tag herrscht, der aus dem Schatten von Bäumen und Häusern schon vertrieben ist. Die Uhr auf meinem Sperrbildschirm verrät mir derweil, dass ich mich zu beeilen habe. Damit die Fahrer-App mir das Einloggen erlaubt, muss ich zwar nur zur nächsten Kreuzung, es ist aber auch schon fünf vor.

Gerade noch rechtzeitig: Hier, irgendwo im noch nicht gentrifizierten Niemandsland zwischen Sternschanze, Reeperbahn und Ottensen verläuft sie, die unsichtbare Grenze, die es für mich jetzt schleunigst zu passieren gilt. Großartig scheinen sich die vier Straßenseiten der vor mir liegenden Kreuzung zwar nicht voneinander zu unterscheiden, doch nur auf einer von ihnen darf ich meine Schicht beginnen. Erst auf ihr bin ich dem Zentrum dieses von Foodora imaginierten Bezirks Hamburg-West nahe genug.

In welche Stadt Foodora auch kommt, bevor der erste Fahrer auf die Straße darf, muss das gesamte Liefergebiet neu kartografiert werden. Ein alternativer Stadtplan wird geschaffen, dessen Elemente nicht mehr Straßen, Flüsse und Plätze sind, sondern Polygone, Radien und Luftlinien. So offensichtlich wenig die tatsächlichen Orte auch mit dieser abstrakten Ebene zu tun haben, finden sie doch alle eine Entsprechung in dieser Parallelwelt. Am Computer werden ganze Städte auf diese Weise virtuell untertunnelt. Näher wird Hamburg mit seinem hohen Grundwasserspiegel solchen Systemen wie den Katakomben in Paris wohl nie kommen. Immerhin das Betreten ist komfortabler: Endlich auf dem Bürgersteig jenseits der Kreuzung angelangt, warten keine anzuhebenden Gullydeckel auf mich, sondern nur ein paar simple Bildschirmberührungen. „Du arbeitest“, vermeldet die App und piept einmal freundlich.

Der Wind in Höhlen kann durch Differenzen der Temperatur, Differenzen des Luftdrucks und mechanisch entstehen. Der Wind der Foodora-Katakomben hat immer nur eine Ursache: die Auftragslage. Er ist unbedingt auf die Kunden gerichtet und wir Kuriere auf unseren Fahrrädern von ihm bestimmt, als säßen wir Gianozzo gleich in einem Luftschiff: Näher wird man Debords Derivé-Konzept so schnell nicht kommen. Mögen einzelne auch zuweilen behaupten, Mittel und Wege gefunden zu haben, entgegenlaufende Strömungen zu erreichen – im Grunde wissen wir alle um unser absolutes Ausgeliefertsein. Eine Windstille erlebte ich indes nur ein einziges Mal: Mitten in den Sommerferien war es ein Abend gewesen, an dem ich keine einzige Order zugewiesen bekam. So verbrachte ich ihn komplett – es war auch im Westen gewesen – an just dieser Kreuzung.

Heute, an einem Sonntagabend tief im Herbst, wird es dazu aber bestimmt nicht kommen. Nein, die Sturmböen, mit denen sich die Schlechtwetterfront jetzt ganz leibhaftig aus Westen vorankündigt, bieten da schon eher einen Vorgeschmack – zumindest hinsichtlich ihrer Stärke, nicht unbedingt der Richtung wegen. Über die Schanze hinweg bis zur City getrieben zu werden, unter der Woche die Regel, bleibt an Sonntagen Ausnahme. Um in Richtung der Reeperbahn, nach Süden, zu müssen, ist es eigentlich auch noch zu früh. Erst wenn der virtuelle Wind ab 20 Uhr zu drehen beginnt, könnte es sich dort konzentrieren. Etwas wahrscheinlicher ist noch Ottensen: Ein eigentlich charmantes Viertel mit leider viel zu viel Kopfsteinpflaster, aus dem es – hat einen der Ostwind erst einmal dorthin verschlagen – bis zum Feierabend kein Entrinnen mehr gibt. In den allermeisten Fällen aber muss ich sowieso ins nördlich gelegene Eimsbüttel. Mein gerade erst in die Jacke zurückgestecktes Handy piept erneut und bestätigt mir postwendend das Erwartete: Als Befehl erscheint die Adresse eines griechischen Restaurants, mitten in Eimsbüttel gelegen – Hoheluft-West, um ganz genau zu sein.

2 Hoheluft-West

Wie die Altersringe eines Baumes sind die Hauptstraßen angeordnet, die es nun in Richtung Norden zu queren gilt: erst die Fruchtallee, dann die Osterstraße und als letztes die Hoheluftchaussee, an der das Restaurant selbst liegt. Eine Abfolge, die ich schon vor meiner Zeit bei Foodora hunderte Male absolvieren musste, entspricht sie doch meinem alten Arbeitsweg. So mit ihr vertraut, steht mir vor allem die Ampelschaltung bevor: Ihr Rhythmus auf dieser Route verdeutlicht gnadenlos das grundsätzliche Dilemma des Kurierfahrers: für ein Auto zu langsam, für ein Fahrrad zu schnell. Um nicht an jeder einzelnen Kreuzung halten zu müssen, bleibt einem nur übrig, sich entweder in selbstmörderischer Fahrt die Straße hinunterzustürzen, oder die Geschwindigkeit auf eine enervierend langsame zu drosseln. Nicht in der Stimmung für Adrenalinschübe, entscheide ich mich für die gemächliche Variante.

Noch habe ich die Fruchtallee nicht erreicht, da rauscht schon ein Jugendlicher mit Hollandrad in exakt dem Tempo vorbei, das für ihn unweigerlich das Warten an jeder Straße bedeuten muss. Fruchtallee, Osterstraße, Hoheluftchaussee: dreimal wiederholt sich am Ende das Spiel, dass die Ampeln, an denen er ungeduldig zum Stehen kommt, genau dann auf Grün umspringen, wenn ich ihn eingeholt habe. Mit gesenkten Augen bin ich bedacht, etwas Abstand zu ihm zu halten und verspüre dabei einen unsinnigen Neid auf seine Naivität. So sehr man es sich auch wünscht: einmal erlangtes Wissen wird man nur schwer wieder los.

Selten vergeht eine Woche, in der ich zu diesem Griechen nicht muss. Er befindet sich im Erdgeschoss eines der wenigen Hochhäuser dieses Stadtteils und ich habe mit der Zeit besonders den Augenblick des Betretens schätzen gelernt. Ein wundersames Umschlagen pflegt an der Schwelle stattzufinden: Die zahlreichen Etagen des Gebäudes über ihm scheinen den Laden dann auf einmal nicht mehr niederzudrücken, sondern, vermittelt durch die flache Decke, sich als tonnenschwere Gemütlichkeit in das Innere des Ladens zu übertragen. Dass es sich um ein Familienunternehmen handelt und die Räume so stets von Vertretern aller bloß denkbaren Generationen erfüllt, tut nebst der 70er-Jahre-Inneneinrichtung, halb Plastik im Holz-Look, halb Holz im Plastik-Look, sein Übriges zur beinahe überwältigenden Behaglichkeit.

Eine Faustregel: Je schlechter ein Restaurant läuft, desto komfortabler ist der uns Fahrern zum Warten zugewiesene Platz. In solchen, die auch Sonntagabends leer bleiben, dürfen wir ganz wie ein Gast am gedeckten Tisch Platz nehmen und bekommen von den gelangweilten Kellnern oft sogar noch ein Glas Wasser gereicht. In denjenigen Szeneläden hingegen, in denen die Tische Wochen vorher zu reservieren sind, müssen wir dafür oft draußen vor der Tür ausharren – sei es bei Minusgraden oder Graupelschauern. Der Grieche, in den mich Foodora jetzt befohlen hat, befindet sich, wie natürlich meistens, irgendwo zwischen diesen Extremen. In solchen Fällen gilt es bei noch nicht vertrauten Restaurants möglichst schnell deren innere Logik überblickt zu haben. Sonst entpuppt sich ein eigentlich als prädestiniert scheinender Winkel im Flur plötzlich als Knotenpunkt im System der Bedienungen, oder der vermeintliche Hocker neben dem Eingang als extravaganter Schirmständer.

Ein derartiger Fauxpas wird mir auf diesem so wohlbekannten Terrain aber bestimmt nicht mehr passieren. Zielsicher steuere ich ein Séparée an, das neben einer kleinen Bar auch eine Sitzecke beherbergt, an dessen hölzerne – wobei es auch Plastik sein könnte – Rückseite ich mich nun lehne. Es ist niemand hier, aber auf dem Tisch verstreut liegen angefangene Mandalas und Apfelsaftschorlen mit noch nicht ganz verschwundenen Eiswürfeln. Nur auf den ersten Blick sollte es komisch wirken, dass in vielen Restaurants der Raum, den die Kinder einnehmen dürfen, oft demjenigen entspricht, in dem die Lieferanten zu warten haben. Für Markus Krajewski, der zu Dienern geforscht hat, besteht deren Kunst darin „trotz körperlicher Präsenz unsichtbar zu erscheinen“. Welches Kind, das dies meistert, würde man nicht brav nennen?

Dieser Maxime anscheinend auch vollkommen verpflichtet, steht wie aus dem Nichts auf einmal ein Kellner hinter der Bar. Während er in ein halbes Dutzend kleiner Gläser eine klare Flüssigkeit kippt, die Wasser wie Wodka sein könnte, aber am Ende doch bestimmt Ouzo ist, sage ich ihm, dass ich die 39 bin, was er mit einem nachlässigen Nicken quittiert. Dass die Küche offensichtlich noch brauchen wird, stört mich nicht. Hier einfach nur zu stehen, ist gerade bei solchem Wetter eine mehr als angenehme Weise des Geldverdienens. Schöner ist es auch als das Warten in manch anderen Restaurants – oft gleichbedeutend damit, alle paar Augenblicke einem Gast den Weg zur Toilette oder zur Garderobe räumen zu müssen.

Kurz bliebe jetzt Zeit, in dem gemeinsamen Chat aller Hamburger Fahrer zu lesen. Doch ist zum einen hier unten fast kein Netz vorhanden, und zum anderen die letzte Nachricht eh schon einige Stunden alt. Wo sonst um Schichten gefeilscht, vor Fahrradpolizisten gewarnt und über unfreundliche Kunden gelästert wird, herrscht seit dem frühen Nachmittag Schweigen. Ein gutes Indiz dafür, wie wenig freie Minuten alle Fahrer heute haben. Und auch meine Stunde scheint jetzt zu schlagen.

Mehr noch als auf das Piepen der App konditioniert uns das Arbeiten für Foodora auf die Geräusche knisternder Papptüten. Gerade hat jemand in der Küche, immerhin zwei Räume weiter, eine von ihnen entfaltet, um sie mit meiner Lieferung zu befüllen. Sofort verstaue ich mein Telefon wieder in der Jacke, hole aus dem Rucksack eine meiner kleinen Thermotaschen und stelle sie geöffnet auf den nicht von Mandalas und Schorlen bedeckten Teil des Tisches. Dieses Mal wenig überraschend steht im selben Moment der Kellner wieder hinter der Theke. Nicht ohne mich sicherheitshalber zu fragen, ob ich auch wirklich die 39 bin und mir zum Abschied – sein Gesicht ist jetzt zwinkernde Grimasse – guten Appetit zu wünschen, übergibt er mir schließlich die Lieferung. Schwer wie sonst nur selten ist sie und die Papptüte so prall gefüllt, dass es mich einige Mühe kostet, diese in der eigentlich ja extra dafür ausgelegten Thermotasche unterzubringen.

Während die eine Hand mein Rad aufschließt, ermittelt die andere per App die Adresse der Kundin. Eppendorfer Weg! Kurz meldet sich das beim Start der Schicht noch so deutlich empfundene Gefühl des Ausgeliefertseins, nun aber schon deutlich schwächer. Bringen tu es ja eh nichts. Besser ist es da schon, jedes von außen diktierte Ziel sich so schnell wie möglich zum eigenen zu machen. Es gibt wenige Straßen, bei denen mir das so leicht fällt wie beim Eppendorfer Weg: zweispurig, gleichmäßig asphaltiert, rechts und links von kleinen

Läden gesäumt. Selbst die Ampelschaltung ist dermaßen vernünftig, dass Hoheluftchaussee, Osterstraße und Fruchtallee – auf dem Arbeitsweg noch eine schreckliche Trilogie bildend – von ihm so reibungslos überwunden werden, dass man sie mit ihren drei, vier Kilometern ruhig Anfang bis Ende freihändig durchfahren könnte. Mindestens bis zur Höhe Osterstraße jedenfalls, bis zu der ich für diese Order auch nur muss.

Doch ausgerechnet an jener Ecke hat man vor ein paar Monaten, Sommer war es noch gewesen, ein improvisiertes Mahnmal errichtet. Ganz so, als wolle man damit jemanden wie mich davor warnen, solche leichtsinnigen Dinge zu unternehmen. Eine junge Mutter war es aber gewesen, die damals – bestimmt nicht freihändig fahrend – auf ihrem Rad verunglückt war. Infolgedessen hatte man an der Kreuzung, dem Unfallort, ein kleines Stück des dort verlaufenden Geländers zur Gedenkstelle auserkoren, an das dann ein komplett in weiße Farbe getauchtes Fahrrad gelehnt wurde. Es steht heute noch da und auch das ungeschriebene Gesetz, nach welchem andere hier geparkte Fahrräder – den Rest des Geländers beinahe unter sich begrabend – einen ehrfürchtigen Abstand zu diesem Mahnmal zu wahren haben, wird nach wie vor eingehalten.

Verschwunden sind indes die zum Andenken hinterlassenen Blumen, die das Rad im Sommer noch geschmückt hatten. Spätestens seitdem seine weiß getünchten Rohre, Speichen und Lenkerhörnchen so von nichts mehr verdeckt werden, fällt es schwer bei seinem Anblick an etwas anderes als an ein Skelett zu denken. Doch wessen Überreste könnten hier überhaupt dargestellt sein, muss man sich fragen. Weder die eines Menschen, darin zu erkennen, leuchtet ein, noch die eines Fahrrads. Das seltsam cyborghafte Geschöpf, das immer entsteht, sobald wir eines unserer Beine über den Rahmen schwingen und unsere Füße auf die Pedale setzen, kommt mir aber in den Sinn. Sähen seine verwesenden Überreste nicht ähnlich aus?

Von der Kundin gibt es derweil nicht mehr zu berichten, als dass sie selbst einen griechischen Namen trägt und mir zwei Euro Trinkgeld gibt. Und ich bin mir sicher; würde man sie nach mir fragen, ergäbe sich eine ähnlich spärliche Auskunft. Alles was darüber hinaus an Individuellem aufkeimen könnte, wird sofort in dem eng gestricktem Netz sozialer Konventionen erstickt. Wir als Gesellschaft haben das im Austausch zwischen Lieferanten und Kunden zu befolgende Skript derart perfektioniert, dass von ihm nur noch in Extremfällen abgewichen wird. Die allermeisten dieser Interaktionen laufen aber bis zur Ununterscheidbarkeit gleich ab und synchronisieren Lieferant und Kunde in einem solchen Maße miteinander, dass spätestens die Abschiedsformel gemeinsam im Chor gesprochen wird: „Danke!“, Schönen Abend!“ und „Tschüss“ sagt man sich wie aus einem Mund, um dann Tür beziehungsweise Rucksack zu schließen und – wahrscheinlich für immer – auseinanderzugehen. Wie nah sich hier doch die scheinbaren Gegensätze von Anonymität und Intimität kommen!

Wieder unten habe ich einige Mühe mein Fixie zwischen all den anderen an der Kreuzung versammelten Fahrrädern zu finden. Zweimal laufe ich im Kreis, bis ich es endlich dort finde, wo ich es am wenigsten erwartet hätte: Nicht nur in der eigentlich verbotene Nähe des zum Gedenken aufgestellten Fahrrads habe ich es geparkt, sondern es sogar direkt mit eben jenem zusammengeschlossen.

3 Harvestehude

Wie aufs Kommando, ich bin kaum wieder im Sattel, beschert mir ein Autofahrer etwas, für das sich unter Kurieren der Begriff Punishment Pass eingebürgert hat: Mir wurde eine Sushi-Lieferung vom westlichen Ende der Osterstraße zugeteilt, was bedeutet, einige verkehrsberuhigend gemeinte Verengungen passieren zu müssen. Just an einer solchen Stelle überholt mich jetzt ein Auto – würd ich mich auskennen, wüsste ich auch was für eines – noch näher als bei der herrschenden Enge sowieso schon nötig. Punishment Pass bedeutet dabei nun, dass das vonseiten des Fahrers demonstrativ geschehen ist, was wiederum – soviel sei zugegeben – auch von mir projiziert sein mag. Immerhin habe ich mich schon zu oft selbst derart versündigt. Da das ganze natürlich nur zum Nachteil schwächerer Verkehrsteilnehmer funktioniert, waren die Opfer in meinem Fall

Fußgänger gewesen, die sich aus Unachtsamkeit auf den Radweg verirrt hatten. Eine regelrecht perverse Lust habe ich dann daran, so knapp an ihnen vorbeizulenken, dass ihnen in meinem Rücken am besten ein schockierter Aufschrei entfährt.

Sich so bemerkbar zu machen, mag zwar ein peinlicher Reflex sein, ergibt aber wenigstens noch irgendwo Sinn, denke ich und schließe ich den Verschluss meines Helms wieder.. Mein eigener Tick, diesen in solch brenzligen Situationen unbewusst zu öffnen, muss hingegen unbedingt eine evolutionäre Sackgasse sein. Um die Angst wieder aus dem Körper zu bekommen, trete ich gleich etwas kräftiger in die Pedale. Das Seltsame am Fahrradfahren ist doch, wie viel sicherer alles scheint, je schneller man fährt. Das Rad läuft dann von alleine so ruhig und gerade, wie man es im Schritttempo auch unter größter Anstrengung nie hinkriegen würde. Erst in den Kurven, wenn die Fliehkräfte zu wirken beginnen, macht die eigene Geschwindigkeit sich erneut bemerkbar. Dann aus Übermut in Schlangenlinien zu verfallen, hat wohl viel davon, sich als narzisstischer Bodybuilder die eigenen Muskeln zu befühlen.

Die allerwenigsten Sushi-Läden Hamburgs werden überhaupt von Japanern geführt, und auch dieser in einem Innenhof gelegene gehört nicht dazu. Das ist jedoch, Gott behüte, nicht der Grund, warum ich nur ungerne von hier etwas abhole. Ist es sonst aber in der Regel möglich, quasi bis an die Türschwelle der Restaurants beziehungsweise der Kunden zu rollen, ist es hier angesagt, spätestens im Tunnel zum Innenhof abzusteigen. Es fiele mir indes leichter, diesen Drang, jeden überflüssigen Schritt vermeiden zu wollen, einfach als kruden Kurier-Stolz abzutun, hätte ich mir hier nicht in einer meiner ersten Schichten gleich einen Platten geholt. Zur Verhütung hätte damals schon gereicht, den Innenhof zuvor einmal bei Tageslicht gesehen zu haben. Spätestens dann weiß man, dass das Rad hier nichts als kaputt gehen kann. So tief und zahlreich sind die Schlaglöcher, dass gar nicht mehr recht zu sagen ist, welches das ursprüngliche Niveau des Asphalts eigentlich mal gewesen ist. Und dann liegt da noch der ganze Metallschrott von einer im selben Innenhof auch beheimateten Werkstatt. Die entsprechenden Nägel und Schrauben muss man mehr noch fürchten als in den Ausgehvierteln die wochenendlichen Scherben.

Nirgendwo sonst sind die Lieferungen so schwer wie beim griechischen, nirgendwo sonst so leicht wie beim japanischen Essen. Mein Rücken wird widersprechen, doch am Ende ist mir die Schwere fettgetränkter Fleischspieße allemal lieber als die Leichtigkeit von Sushi in homöopathischen Mengen. Und auch diesmal scheint in der Tüte, die ich ausgehändigt bekomme, verboten wenig drin zu sein. Aber gut, mein Problem soll das nicht sein, sage ich mir und beeile mich, Name und Adresse der stattdessen Verantwortlichen zu erfahren: Ins wohlhabende Harvestehude werde ich müssen und damit ein ganzes Stück in Richtung Alster.

Zum Wasser zu müssen, bedeutet wenigstens topographisch, dass es immer bergab geht. So bin ich schon wenig später und ohne große Anstrengung inmitten der für den Stadtteil typischen Townhäuser. Die Legende geht so, dass dies der eine Stadtteil war, den die Briten im Zweiten Weltkrieg absichtlich nicht bombardiert haben. Irgendwann war die Besetzung Hamburgs nämlich abzusehen und die Offiziere wollten zumindest einen standesgemäßen Stadtteil erhalten, um dort später logieren zu können. Als dann die Engländer wieder abgezogen waren, kehrte das anglophil gebliebene Bürgertum in die nach wie vor makellosen Villen wieder zurück. Noch bevor ich überhaupt ihr Alter kenne, klingt der Name der Kundin schon reich, was gar nicht so einfach sein kann, wenn doch bestimmt fast alle Eltern ihren Kindern solche Namen geben wollen. Es ist zunächst eine Mittvierzigerin, die – noch bevor ich überhaupt geklingelt habe – aus einem Mini in der sich gerade öffnenden Garage springt. „Ah, ah, ah", macht sie, schließt mir die Haustür auf und ruft noch einmal ermahnend ins Innere: „Schatz, denk ans Trinkgeld!"

Sie ist schon lange wieder in ihrem Auto als endlich schlurfenden Schrittes ein Mädchen kommt, das wohl ihre Tochter sein muss und von deren Alter ich eigentlich nur sagen kann, dass sie eine Zahnspange trägt. Sie nimmt die Tüte und fragt, was ich gut verstehen kann, ob das wirklich alles gewesen ist. Da fühle mich für einen Moment dann doch, wie der Komplize in einer Verschwörung gegen sie. Aber ja, das ist wirklich alles. Am Ende drückt sie mir – die Mutter ist mittlerweile weit weg – nicht mehr als einen Cent in die Hand. Die Abschiedsformeln misslingen dann ordentlich: Noch ist die Synchronisation mit den Erwachsenen anscheinend nicht so, dass man das Tschüss aus einem Mund sprechen könnte. Ob es heute überhaupt lohnt, sich das anzueignen? Die ersten Lieferdrohnen sind auch in Hamburg schon unterwegs; bald wird diese peinliche Sattelzeit überwunden sein, in der es Leibeigene nicht mehr, aber auch noch keine Roboter gibt.

4 Winterhude

Ich habe lange nicht mehr an die Schlechtwetterfront gedacht, die von Westen her die ganze Zeit über im Anmarsch gewesen ist und vielleicht bricht sie gerade deshalb nun mit voller Wucht über mich hinein. Wobei ich im ersten Moment gar nicht weiß, wie mir eigentlich geschieht: Irgendwo auf dem Weg hierher hat sich der angekündigte Regen in Schnee verwandelt, von dem die Luft jetzt auf einmal bis ins Letzte erfüllt ist. Weniger nass ist das immerhin, entscheide ich mich, fürs Erste erleichtert zu sein.

Wie so oft aber, stellt die nächste Order alles auf den Kopf. Hätte ich die Zeit, würde ich jetzt „Winterhude" – vielleicht noch mit einem genervten Emoji zusammen – in den großen Chat schreiben und dürfte mir des Mitleids aller sicher sein. Dort möchte in seiner Schicht wirklich niemand hin müssen. Jenseits der Alster liegt dieser Stadtteil und ist, egal wo man gerade her kommt, eigentlich immer wahnsinnig weit weg. Sich zu verspäten ist bei derart abgelegenen Restaurants dann schon obligatorisch. Nur die ersten Male habe ich den genervten Mitarbeitern noch zu erklären versucht, dass wir Fahrer dafür selbst am wenigsten können. Bald schon nimmt man die Vorwürfe einfach hin.

So lange habe ich auf die App gestarrt, dass mein Bildschirm ganz von Flocken bedeckt ist. Eine einzige Bewegung des Daumens und sie wären weg, aber was dann zum Vorschein käme, weiß ich ja genau. Innerlich gehe ich ein letztes Mal durch, wie ich mich der Weisung vielleicht doch noch entziehen könnte. Viele Optionen sind mir nicht geblieben, und eine schöne ist erst recht nicht darunter. Aber was hab ich zu klagen? Ein Soldat könnte sich jetzt maximal noch aussuchen, in welchen seiner Körperteile er sich schießt. Wir Kuriere brauchen nur etwas Luft aus einem unserer Reifen zu lassen und ein Bild davon an die Dispatcher schicken, die wahrscheinlich in irgendeinem Berliner Großraumbüro – so genau weiß das niemand – sitzen und uns dann wohl oder übel glauben müssen, dass das in Wahrheit ein Loch im Schlauch gewesen ist. Ganz abgesehen von solchen Schummeleien ist das Verhältnis zu den Fahrern nie einfach: Im Sommer beneiden sie uns um die frische Luft, im Winter wir sie um ihre Heizung. Ich schaue nach oben und muss mir eingestehen: Zu auffällig wäre es, den Trick mit der Luft ausgerechnet jetzt zu probieren.

Ich ergebe mich meinem Schicksal und bin mit einem Schwung wieder aufm Rad. Schnee rieselt in kleinen Lawinen aus allen möglichen Falten meiner Jacke: eine nur scheinbare Erleichterung. Ich fahre an das Ufer der Alster, das ich nun bis zur ersten Brücke nach Norden entlang werde müssen. Mittlerweile ist der Niederschlag so dicht, dass ich den Fluss selbst, maximal 50 Meter entfernt, nicht einmal mehr erahnen kann. Ich muss mich anstrengen, um nicht ganz und gar zu vergessen, wo ich bin. Wie viele Werst es wohl noch sind?

Irgendwelche Menschen habe ich schon lange keine mehr gesehen. Überhaupt denken wir uns die Städte oft stärker bewohnt, als sie es in Wahrheit sind. Ohne es zu merken, bewegen sich die Menschen wie in einem Schwarm immer dort und dann, wo und wann die anderen auch gerade sind. Natürlich, für den Hering ist die Welt auch voll anderer Heringe, und für die Heuschrecke voll anderer Heuschrecken. Ganz so beklagen wir Überbevölkerung und mangelnden Platz. Man stelle sich den Wecker einmal auf die Uhrzeit, zu der man sonst schlafengeht; klettere im Winter über die Mauer eines Freibads; setze sich in den Semesterferien in einen Hörsaal und wird schon merken, wie allein wir eigentlich sind.

Wenn ich endlich über einige Brücken hinweg die andere Seite erreicht habe, hat auch der Schnee wieder aufgehört. Eine Viertelstunde dauerte der Zauber nur an, was aber für eine gehörige Menge gereicht hat, welche nun – wahrscheinlich die sogar größere Überraschung – auf dem Boden liegenbleibt, ohne gleich geschmolzen zu sein. Wer noch draußen ist, kriegt spätestens dadurch attestiert, mit Fug und Recht frieren zu dürfen.

Ich kenne mich durch Foodora mittlerweile, was ich nie wollte, selbst in Winterhude gut aus. Obwohl ich zum ersten Mal bei ihm etwas abhole, finde ich den richtigen Italiener gleich auf Anhieb. Dass das Schneien aufgehört hat und ich so wieder alles sehen kann, hilft natürlich auch. Das Restaurant ist wirklich schön gelegen: teils auf einer von Efeu umrankten Brücke, die hier über irgendeinen Seitenarm der Alster führt. Wider Erwarten hegt drinnen niemand einen Groll gegen mich. Sie werden es einfach schon gewohnt sein, dass alle Fahrer sowieso immer zu spät kommen. Man stellt mir – neben einer Flasche Bier für den Kunden, die ich sofort einpacke – sogar ein heißes Glas Wasser hin. Gleichzeitig teilt die Bedienung mir mit, dass alle meine Pizzen natürlich schon lange fertig sind und ich deshalb dann vielleicht doch bald aufbrechen sollte. Ehrliches Bedauern verrät ihr Blick dabei. Bestimmt tut auch der Schnee etwas dazu, die Menschen auf so wundersame Weise milde zu stimmen.

Draußen verrät mir mein Handy, dass ich die Lieferung als sogenannte Doppelorder zu absolvieren habe. Die vier Pizzen, die ich jetzt insgesamt dabei habe, wurden also von zwei verschiedenen Personen bestellt: Die erste Kundin kriegt zwar das Bier, aber von den Pizzen auch nur eine, während die restlichen drei danach an jemand anderen gehen. Solch eine Doppelorder ist für uns Fahrer eine praktische Sache und an sich gern gesehen. Ab und an aber, wenn der Algorithmus mal wieder spinnt, ergeben sich mitunter bizarre Routen inklusive unwahrscheinlicher Umwege. Eine ältere Kundin gab es einmal, die mich so vom Fenster aus beobachtet hatte, wie ich von einer dem Restaurant ganz entgegengesetzten Richtung her ankam. Sie stellte mich an der Tür umgehend zur Rede, ob das Essen wirklich dem angegebenen Restaurant entstamme, und nicht etwa heimlich einer zentralen Foodora-Großküche.

Viel weiter als jetzt kann ich nicht von Zuhause entfernt sein. Meine Schicht steht sozusagen am Scheideweg: Entweder will Bier und Pizza über die Alster und damit zurück in den vertrauten Westen gebracht werden. Oder aber ich muss nach Süden, was bedeutet sich der noch so fernen Innenstadt am Ende von Osten aus zu nähern und heute auch tatsächlich der Fall ist. Ich trete also in die Fußstapfen abertausender Jogger: am Sonntag einmal komplett um die Außenalster.

Letzten Endes ist die Runde dann schneller absolviert als gedacht, was bestimmt daher kommt, dass ich mich auf dieser Ecke so wenig auskenne. Walter Benjamin beschrieb diesen Effekt in seinem

„Moskauer Tagebuch“ einmal folgendermaßen: „Straßen, die er weit voneinander angesiedelt hat, reißt eine Ecke ihm zusammen, wie die Faust eines Kutschers ein Zweigespann.“ Ganz so geht es in meinem Kopf zu, wenn ich merke, dass sich an Mühlenkamp und Hofweg schon die beinahe heimische Papenhuder Straße anschließt, von der es nur noch ein Steinwurf bis in den Graumannsweg ist, wo ich in die oberste Etage eines Klinkerneubaus muss.

Irgendwas stimmt nicht. Ich meine vor der richtigen Wohnung zu sein, aber die Frau darinnen will mir partout nicht aufmachen und fragt stattdessen nur immer wieder, wer ich denn sei und was ich denn wolle. Erst als sie durch einen kleinen Spalt – gerade so breit wie die Türkette es zulässt – mich und meine pinken Sachen endlich erblickt hat, klärt sich alles auf: Gar nicht sie selbst hätte für sich bestellt, sondern ihr gerade wegen seiner Arbeit in Prag weilende Freund. Die beiden hatten wie jeden Abend per Skype telefoniert und sie da nur ganz beiläufig erwähnt, zum Kochen gar nichts Vernünftiges mehr im Haus zu haben. Im letzten Moment wär sie dann von ihm gewarnt worden, dass es – ohne mehr zu verraten – eventuell gleich bei ihr klingeln könnte.

Was hätte Kafka wohl dazu zu sagen? Würde er es noch gelten lassen, Foodora zum „natürlichen Verkehr“ zu rechnen? Wie Auto, Eisenbahn und Aeroplan geschaffen, um zwischen den Menschen „den Frieden der Seelen zu erreichen“? Oder doch der Gegenseite, die mittels Post,

Telegraph und Telephon „soviel ruhiger und stärker“ das Gespenstische zwischen den Menschen stiftet. Das Bier jedenfalls hat auf dem Weg niemand ausgetrunken; aber wer kann schon sagen, ob nicht doch der ein oder andere Kuss verloren ging? Für Krajewski ist klar, dass der Dienstbote nichts ist „als ein weiteres Trägermedium, das sich nie eines eigenen Urteils oder Modifikationen der Inhalte anheischig machen, geschweige denn eine Manipulation vornehmen darf.“ Dass das auch in Zeiten von Foodora noch Gültigkeit hat, verrät schon unser Logo.

5 St. Georg

Der Algorithmus benimmt sich mal wieder daneben; nicht etwa darf ich jetzt direkt zum zweiten Kunden, sondern soll zunächst noch in ein Restaurant ganz in die Lange Reihe nach St. Georg. Heiß werden die übrigen Pizzen, da kann mein Rucksack noch so gut isoliert sein, bestimmt nicht mehr ankommen. Wobei mir viel größere Sorgen eh der Belag macht: Für diesen bedeutet meine beim Fahren gebeugten Haltung nämlich, jeden zusätzlichen Kilometer ein gutes Stück mehr abzurutschen. In solchen Fällen ist ausnahmsweise derjenige Kunde im Vorteil, zu dem statt eines Rennradfahrers jemand mit Hollandrad kommt, auf denen man ja ungemein aufrechter sitzt.

Man könnte St. Georg als klassisches Bahnhofsviertel apostrophieren.

Verschweigen würde man so aber, wie zwiegespalten die Gegend eigentlich geworden ist, was sich gut anhand der beiden parallel verlaufenden Hauptstraßen des Stadtteils illustrieren lässt: Als erstes ist der Steindamm zu nennen, der für viele Gestrandete jedweder Herkunft der erste Orientierungspunkt in Hamburg ist. Es überrascht so nicht, dass die deutsche Sprache hier weder im Gespräch, noch auf den Schildern der vielen Läden dominiert. Wer dieser Tage ein politisches Interesse daran hat, Hamburg als vermeintliches Sodom und Gomorrha abzulichten, sucht in der Regel hier nach Motiven. Vor 30 Jahren hätte sich so jemand wohl noch etwas weiter Richtung Alster orientiert: Dort ist besagte Lange Reihe gelegen und damit so ziemlich das Rückgrat des umliegenden Schwulenviertels. Aber läuft man nun hier hindurch, was bekäme man da schon vor die Kamera? Die Passanten sind – ab und an tatsächlich gleichgeschlechtliche Pärchen dazwischen – groß, gesund, gepflegt. Prostitution ist nur noch unsichtbar vorhanden, während in der Brennerstraße, und damit hinter dem Steindamm, vor aller Augen jetzt das floriert, was die Behörden einen Armutsstrich nennen.

Aber wer weiß? Wir wissen ja, wie schnell alles gehen kann. Gut möglich, dass auch dort die Geschäfte schon bald so aussehen, wie dieses, vor dem ich jetzt zum Stehen komme: Im ersten Moment bin ich erst einmal nur geblendet durch die unwahrscheinlich vielen Glühbirnen. Die ganze Front ist mit ihnen bedeckt, um zusammen den mir eben noch von der App diktierten Namen zu ergeben. Die berühmten 1369 Stück sind es vielleicht nicht ganz, aber was ich jetzt nach und nach auch vom Inneren erkennen kann, scheint doch dem New York der 50er nachempfunden zu sein.

Ohne von seinem Buch aufzuschauen, winkt mich ein einziger Kellner – der im Übrigen mehr nach Jork aussieht – gleich in Richtung der Küche weiter. Begrüßt werde ich von Deutschrap mit Texten, die eine Tür weiter bestimmt niemand aushalten wollen würde. Das Timing ist gut: Im Einklang mit dem Beat entfalten gerade zwei Köche die Papptüten und befüllen sie mit einigen Bürgermenüs. Während ich fürs Erste beschäftigt bin, diese nun auch noch irgendwie in meinen Rucksack unterzubekommen, machen die beiden erst einmal Pause und lassen mich allein. Es freut mich, dass sie im Gehen die Musik nicht ausschalten.

Draußen auf der Straße treffe ich sie erneut, als sie bei einer Zigarette zusammenstehen und eingehüllt sind in eine komplexe Mixtur aus Rauch und Dampf. So fettig war in der Küche alles, dass man sich gut vorstellen kann, wie durch den Kontakt mit der frischen Luft da gerade chemisch einiges los ist. Heiner Müller hat mal in einem Interview davon gesprochen, wie in der sibirischen Kälte ein Mensch noch Minuten nach seinem Verschwinden als Nachbild präsent bleibt. Mindestens so nachhaltig wirkt das, was da um die beiden herum sich kreiert.

Ich hab die Chance eben noch dafür genutzt, sämtliche Pizzakartons um 180 Grad zu drehen und bin um deren Inhalt nun nicht mehr ganz so besorgt. Nichtsdestotrotz ist es schön, dass ich die Burger in ein nur gut 100 Meter weit entferntes Hotel werde bringen müssen. Nichts ins berühmte Atlantic, aber in ein günstigeres, das direkt vis-à-vis liegt. Hotelgäste zu beliefern habe ich immer angenehm gefunden. Nur zu beachten gilt es, sich unter Umständen notwendiges Besteck mitgeben zu lassen, was im Fall von Burgern aber nicht zu sein braucht. Wie jemand anfängt ein Nudelgericht mit bloßen Händen zu essen, möchte man hingegen nicht zweimal sehen.

Es ist bei der Rezeption viel los, aber als mich die Angestellten sehen, werde ich sogar gleich vorgelassen. Ich nenne ihnen den Namen der Kundin und würde jetzt erwarten, die Nummer des richtigen Zimmers genannt zu bekommen und vielleicht noch einen Hinweis, wo die Fahrstühle sind. Die Frau hinter der Theke sagt aber immer nur Ja und lächelt freundlich. Das geht ein paar Mal so hin und her, bis ich endlich verstanden habe, dass sie selbst die Kundin ist. Ich beeil mich mit rotem Kopf, ihr schnell alles hinzustellen. Trotzdem lässt sie mich nicht ohne Trinkgeld gehen – welche Solidarität der Dienstleister zueinander!

Draußen krieg ich endlich die Bestätigung, meine Pizzen loswerden zu dürfen, wofür ich in Richtung Hafen werde müssen. Diesmal ist natürlich niemand zum Rauchen mit herausgekommen, aber auf der anderen Straßenseite haben sich ein paar Gäste des Atlantic zusammengerottet. Im Vorbeireden rufen sie mir feixend hinterher, dass ich ein schickes Outfit habe es nach St. Georg aber doch in eine andere Richtung gehe. Wie oft sich der neben ihnen postierte Portier im reich betressten Livree das wohl schon hat anhören müssen?

6 HafenCity

Dass ich den Hauptbahnhof, die Zentralbibliothek und die Deichtorhallen allesamt so schnell hinter mir lasse und nun schon über die Oberbaumbrücke und somit zwischen den Spiegel-Hochhäusern hindurch bin, hat nur mit dem abschüssigen Gefälle zu tun, und nichts, wirklich rein gar nichts mit Vorfreude. Diese Brücke zu passieren bedeutet nämlich auch die Grenze zu queren zum einzigen Hamburger Stadtteil mit Binnenmajuskel im Namen: der HafenCity. Nirgendwo fühlte ich mich als Kurierfahrer bisher so wenig willkommen wie hier. An miesen Tagen fällt es schwer, ihre baulichen Voraussetzungen nicht einfach als persönliche Angriffe gegen unsere Kurier-Zunft, ja gegen den Menschen an sich zu verstehen.

Noch bin ich kaum von der Oberbaumbrücke gerollt, da fängt es schon an. Abbiegen muss ich direkt, die noch vertrauten Fassaden der Speicherstadt rechts liegen lassen und in eine Gegend der HafenCity vorstoßen, die dem Kunden das Zuhause bedeutet, mir aber fremder nicht sein könnte. Ich sortiere mich auf die linke Spur ein, muss an der roten Ampel warten und lese sicherheitshalber noch einmal die Route nach. Die erste Ampelphase vergeht so, ohne dass ich Grün bekommen zu haben scheine. Ich schelte mich, vielleicht nicht aufmerksam genug gewesen zu sein und vergrabe das Telefon wieder tief in meiner Jacke. Aber auch eine zweite Ampelphase verläuft mit exakt dem gleichen Resultat, sprich mit gar keinem. Ich fahre ein wenig auf der Stelle, um eine eventuell unter mir liegende Kontaktschleife auszulösen. Doch auch nach der dritten Runde ist meine Ampel immer noch nicht umgesprungen.

Sie einfach zu ignorieren, kommt nicht in Frage: Seitdem ich hier stehe, ist der Gegenverkehr kein ein einziges Mal unterbrochen gewesen; jedenfalls blendeten mich ständig irgendwelche sich nähernden Scheinwerfer. Ich schaue mich um, ob hier irgendwo ein Fahrradweg verläuft – aber nicht einmal einen Bürgersteig kann ich unter dem Schnee noch erkennen. Plötzlich hupt es und zwar so, als wäre ich gemeint. Der hundertste nach oben zur Ampel geworfene Blick kann nur feststellen, dass diese noch immer rot ist. Aber der Gegenverkehr! Ein SUV ist tatsächlich angehalten und lässt nun auch noch seine Lichthupe blinken. Als die ersten Autos hinter ihm zum Stehen kommen und ihrerseits zu hupen anfangen, weiß ich: kein Platz für zweite Gedanken. Die Hand zum Dank erhoben und eine Menge quietschender Reifen hinter mir lassend, biege ich nun endlich ab.

Ganz ruhig ist es auf einmal: Die Häuserblöcke zur Rechten stehen hier genau so, dass sie die in ihrem Schatten verlaufende Straße vom Sturm beinahe vollkommen abschirmen. Einen – vom Schnee dadurch weitestgehend unberührt geblieben – Bürgersteig gibt es nun auch, auf dem ich sogar einen Fahrradweg ausmachen kann. Bleibt nur der Bordstein, der uns mit seinen gut und gerne dreißig Zentimetern noch voneinander trennt. Nirgendwo sonst in Hamburg sind diese so unüberwindbar hoch konstruiert Nirgendwo sonst ist mein Kurier-Stolz aber auch so ausgeprägt – und damit mein Widerstand dagegen, einfach kurz abzusteigen.

Eine Einfahrt ist nicht in Sicht, aber für das Erste werde ich schlichtweg weiterrollen und auf ein Wunder hoffen. Es kommt tatsächlich: Wie so oft hat es die ganze Zeit hinter der nächsten Kurve gewartet – in Form einer schräg gegen den Kantstein gelehnten Pressspanplatte. Hat sie der Bauarbeiter einer schon weitergezogenen Baustelle so für seine Schubkarre platziert? Oder der Getränkelieferant eines der hier ansässigen Restaurants für seine Sackkarre? Oder vielleicht doch einer der hier bestimmt auch irgendwo vorhandenen Anwohner für sein Fahrrad? Jedenfalls liegt sie perfekt, um mich auf den Bürgersteig zu bringen, über welchen ich schließlich zur Straße des Kunden komme. Ziemlich breit ist diese angelegt und scheint dafür regelrecht zu kurz geraten, wenn sie nach nicht einmal hundert Metern schon an einem Kanal ihr Ende findet.

Die richtige Straße zu finden, ist in den allermeisten Teilen Hamburgs vergleichsweise einfach. Ganz anders verhält es sich indes mit der Hausnummer. Es gibt Viertel, in denen sie einem keinen zweiten Gedanken abverlangt, aber auch solche, die in dieser Frage beinahe detektivisches Gespür voraussetzen. Denkbar leicht machen es einem beispielsweise Quartiere nach der Art von Eppendorf und Winterhude mit ihrer typisch gründerzeitlichen Blockrandbebauung. Die Zählung der Hausnummern verläuft hier strikt linear entlang der ebenso strikt gezogenen Straßenzüge. Nur ganz manchmal müssen sie auch in diesen Gegenden um Buchstaben erweitert werden, erhalten dann jedoch – als weiteren Zusatz – oft auch gleich römische Ziffern. Adressen ergeben sich so, die direkt dem Inhaltsverzeichnis einer Dissertation entnommen sein könnten. Zumindest ist die architektonische Situation eine ähnlich verschachtelte: Die sich durch die Blockrandbebauung zwangsläufig ergebenden Innenhöfe werden ihrerseits mit Wohnblöcken aufgefüllt, in deren Innenhöfen wiederum kleine Behausungen Platz finden können. Vor allem am Hafen und in der Neustadt finden sich Reste solcher – der Name sagt schon alles – Gängeviertel. Wenigstens den Touristen gefallen sie: was dem Kurier das Labyrinthische, ist ihnen das Idyllische.

Den Umkehrschluss lässt das derweil leider nicht zu: Keineswegs alles dermaßen verwirrend Entworfene erfreut sich besonderer Gunst des Fremdenverkehrs. So kann einem auch die Zeilenbauweise der 50er, wie etwa in Barmbek oder Altona-Altstadt weit verbreitet, zu schaffen machen. Die in der Blockrandbebauung noch zusammenhängenden Hausreihen wurden damals auf die Reißbretter gelegt, um sie mittels regelmäßiger Scherenschnitte in genormte Stücke aufzuteilen. Die so geschaffenen Haus-Portionen wurden dann zu kleinen Trupps zusammengefasst und erhielten Marschbefehl in Richtung möglichst grüner Wiesen. Dort harren sie – unter Einhaltung einer strengen Phalanx – in der Regel noch heute aus. Alles nicht weiter problematisch, hätte man sich für die Durchnummerierung der Häuser bloß einmal auf ein Muster verständigt. Stattdessen begegnet man in dieser Frage einer an Willkür grenzenden Vielfalt von Lösungen. Ich warte immer noch darauf, dass eines Tages die entsprechenden Straßenschilder nach dem Vorbild von Bildunterschriften mit Zusätzen wie „v. l. n. r." oder gar „im Uhrzeigersinn" versehen werden.

Die Architektur der HafenCity nun vereint das Schlimmste all dieser Epochen und Ansätze in sich: Statt lineare Straßenzüge zu etablieren, werden alleinstehende Häuserblöcke errichtet, die zwar individualisierter geraten als die Zeilenbauten der 50er, ihnen in der willkürlichen Nummerierung zueinander jedoch absolut folgen. Gleichzeitig findet im Rahmen dieser Häuserblöcke ein Gängeviertel-Revival statt: War das Bewohnen verschachtelter Innenhöfe damals aber noch eine Ausgeburt der Not, scheint es heutzutage gerade das

Exklusive dieser Wohnungen auszumachen. Eine Aufwertung der zweiten Reihe, die einen indes weniger wundernehmen mag, hat man sich diese Gebilde erst einmal weniger als schlichte Behausungen denn als Wagen-, ja Trutzburgen vorgestellt.

In Beton gegossen steht hier, was die Deutschen von Google Street View schon 2010 in Massen verlangten: Dem öffentlichen Auge sind diese in die Innenhöfe verlegten Hauseingänge weitestgehend entzogen worden. Und selbst dort liegen sie meist nicht einmal auf dem Niveau der umliegenden Straßen, sondern ein, oder gar zwei Stockwerke darüber. Hat man als Kurier so endlich alle Treppen, Kameras, Gitter und Tastenfelder überwunden, wähnt man sich in eine andere Welt versetzt. Hängenden Gärten gleich ist in diesen Innenhöfen von der Stadt jenseits des Häuserblocks nicht mehr viel zu spüren. Wieder wusste Benjamin es am treffendsten zu formulieren: „das russische Dorf spielt in ihnen Versteck“ hieß es bei ihm vor 100 Jahren schon über die Straßen Moskaus.

Ein Versteckspiel, in dem wir Fahrer zu unfreiwilligen Suchern werden. Immerhin kriegen wir von Foodora – ganz wie im Original – Hilfsmittel à la „Mäuschen sag mal Piep“ an die Hand gegeben: Die bedeutendste von ihnen ist eine in die App integrierte Funktion, über welche die Kunden direkt mit uns Kontakt aufnehmen können. Manchmal erfolgen hier Bitten – zum Beispiel um eine Schachtel Zigaretten vom Kiosk, oder wegen schlafender Kinder, zu klopfen statt zu klingeln – meist aber Erklärungen, wie man überhaupt erst zu ihnen gelangt. Es wird Zeit davon Gebrauch zu machen: Zweimal bin ich die Straße des Kunden nun schon auf und ab gefahren, ohne auch nur eine einzige – geschweige denn die richtige – Hausnummer verortet zu haben.

Nicht nur die Reihenfolge der Hausnummern kann in der HafenCity nämlich zum Problem werden, sondern auch ihre Darstellung. Eitlen Architekten ist es wohl zu verdanken, dass der sonst überall geltende Standard blau-weißer Plaketten solchen Lösungen weichen musste, die sich möglichst nahtlos in das Design des gesamten Bauwerks einfügen. An sich nicht weiter verwerflich, gelingt dies nur häufig derart gut, dass die visuelle Harmonie schlichtweg in perfekte Tarnung umschlägt. Dass die Hausnummern so bis zum Unleserlichen verfremdet werden, scheint die Anwohner selbst am wenigsten zu stören: Wer noch nicht weiß, wo sie wohnen, den wird das schon nichts angehen. Die Büros, Boutiquen und Praxen der Gegend sehen das naturgemäß etwas anders. Sie sind dazu übergegangen, ihre Hausnummern im Din A4-Format eigenhändig auszudrucken, um sie sich anschließend in die Fenster zu hängen.

Geschäfte gibt es in dieser Straße aber leider keine und so bleibt mir tatsächlich nur auf die Hilfe des Kunden zu hoffen. „Bitte im Gebäude der und der Farbe durch das und das Tor“ könnte er geschrieben haben, oder „Please call I will wave from window“ –

vielleicht auch gar nichts. Erfahren werde ich es jedenfalls nie: Noch ehe ich meinen Code eingegeben habe, sehe ich auf dem Sperrbildschirm bereits breit die Meldung prangen: „Lieferung storniert“. Sofort geht mein Blick nach oben zu den nur vereinzelt erleuchteten Fenstern der Straße. Hinter jedem von ihnen könnte der Mann sitzen, der sich gerade im letzten Moment gegen die Pizzen entschieden hat – oder doch gegen mich? Hat er mich kommen sehen? War ich ihm zu langsam? Beobachtet er mich noch?

7 Reeperbahn

Sei es drum: Eine Storno! Die zwei verheißungsvollsten Silben dieses Jobs. Nicht alles, aber immerhin einiges stellen sie auf den Kopf: Die Pizzen im meinem Rucksack sind zwar die selben geblieben und auch – will ich sie nicht wegwerfen – ausliefern werde ich sie noch müssen, doch immerhin an wen, ist auf einmal ganz mir überlassen. Es muss nicht mehr dieser eine Mann in seiner unauffindbaren HafenCity-Wohnung sein, nein, plötzlich kann es jeder Obdachlose, jeder Betrunkene, jeder Freund sein. Schon scrolle ich durch die Chats auf meinem Smartphone, von denen derjenige der Hamburger Fahrer mittlerweile ganz nach oben gerutscht ist. Um die neuen Nachrichten alle zu lesen, fehlt mir jetzt die Zeit, aber allein die geposteten Emojis verraten schon alles: viele traurige, viele wütende sind darunter – und viele winterliche: Schneeflocken und -männer, die nun nach langer Abwesenheit wieder in der „oft benutzt“-Kategorie heimisch werden.

Aber meine Kollegen kommen eh nicht in Frage: Wer gerade fährt, der kann nicht essen. Ich scrolle weiter und bleibe bei einer Gruppe hängen, in der noch mehr Nachrichten ungelesen sind. „Erstis“, ich unterschlage einen Doktorhut-Emoji, heißt sie und noch weiß ich nicht, was es damit auf sich hat und was ich in ihr eigentlich verloren habe. Erst nach und nach dämmert mir – schon lange nicht mehr in Semestern denkend – dass die ersten Tage des Oktobers normalerweise nicht die Zeit des ersten Schneefalls ist, sondern die der Orientierungseinheiten für die neuen Studenten. Irgendwo jenseits der Speicherstadt werden meine alten Kommilitonen gerade mit meinen neuen um die Häuser ziehen und ihnen ihre Lieblingsplätze zeigen.

Etwaigen Nachzüglern wegen enthält ihr Chat regelmäßige Standort-Updates, was es mir leichtmacht den Fortgang ihres Abends nachzuvollziehen. Eine Kneipentour über die Reeperbahn steht heute anscheinend auf dem Programm: Von der aus Sicherheitsgründen gänzlich in ein Netz gewickelten Dachterrasse des Clochards sind sie über den Goldenen Handschuh mit seinen auf den Tischen installierten Stangen, an denen schon lange niemand mehr tanzt, zum Onkel Otto weitergezogen, in welchem lauter Metallschrott so von der Decke hängt, wie in den Hafenkneipen früher die ausgestopften

Meerestiere. Jetzt sitzen sie im Menschenzoo.

Ich tippe den letzten Standort an, was meine Karten-App automatisch die kürzeste Strecke zwischen mir und meinen Kommilitonen berechnen lässt. Der Weg ist weder weit noch kompliziert und ich würde bestimmt ohne Hilfe auch hinfinden; wahrscheinlich sogar die selbe Route nehmen, wie gleich durch das Programm vorgeschlagen. Aber geht es mir darum überhaupt? Ich bin mit dem Foodora-Liefergebiet mittlerweile so vertraut wie mit der Map eines schon mehrmals absolvierten Videospiels. Trotzdem lasse ich mir heute doch noch so häufig durch die App helfen wie in meinen ersten Wochen. War es anfangs tatsächlich noch die schiere Orientierungslosigkeit gewesen, wurden die Gründe dafür bald schon andere, weniger fassbare.

Derweil hat die App fertig geladen und über die Hamburger Innenstadt einen leuchtend blauen Faden gespannt, der in seiner Farbe und durch den Verlauf am nördlichen Elbufer in Konkurrenz zu Zollkanal und Brooksfleet zu treten scheint. Unsichtbar bleibt indes der Ursprung des Fadens. Über ein unerschöpfliches Knäuel scheint das Programm irgendwo zu verfügen, dessen magisches Garn alles, auch das scheinbar durch nichts Zusammengehörige, zu verbinden weiß.

Wie ging die Theorie, die mutmaßlich die meisten schon einmal auf einer Party gehört, ja vielleicht sogar erzählt haben? So klein ist die Erde, dass jeder Mensch einen jeden anderen über höchstens sechs Ecken kennt. Dass im Liefergebiet jeder Ort von jedem Punkt aus über allerhöchstens sechs Straßen zu erreichen sein könnte, ist mir während einsamer Schichten eine ähnlich tröstende Vorstellung. Scheinen Start und Ziel, wie in diesem Fall HafenCity-Wohnung und Reeperbahn-Spelunke, auch so gegensätzlich, dass man meinen könnte sie würden ganz verschiedenen Welten entstammen – am Ende findet die App doch einen Weg.

Und oft einen kürzeren als vermutet: Nur ein paar Brücken sind es, um die HafenCity in Richtung Baumwall endlich wieder zu verlassen. Vom dortigen Bahnhof geht es nun immer unter den hier auf Stelzen verlaufenden Gleisen der U3 bis hin zu den Landungsbrücken. Obwohl durch die Stahlkonstruktion der Hochbahn eigentlich überdacht, liegt auch auf diesem Stück Schnee. Der von der Elbmündung kommende Wind hat die feinen Körner so unter die Brücke geweht, dass nur im Schatten der riesigen Pfeiler noch unberührte Streifen geblieben sind. Als gelte es, sich in der Savanne zu tarnen, setzt sich der verbliebene schwarze Teer so in gräsergleicher Verjüngung vom weißen Grundton ab.

Ich muss zugeben; es ist bereits vorgekommen, dass ich für Lieferungen auf dieser Strecke die U-Bahn genommen habe. Zu ermüdend war es während mancher Schichten geworden, die durch die Davidstraße gebildete Rampe hoch zur Reeperbahn das dritte, vierte Mal hintereinander bewältigen zu müssen. Tage waren es gewesen, an denen der Algorithmus mir ein stetes Pendeln zwischen einerseits hippen Delis, Bistros, Imbissen des Schanzenviertels und andererseits Büros mit exklusivem Elbblick auferlegte. Nur sechs Minuten braucht die Bahn vom Baumwall bis zur Haltestelle Sternschanze, konnte ich mich immerhin rechtfertigen – schneller schaffe ich das auf dem Rad im Leben nicht. Heute aber bin ich mehr als motiviert, es aus eigener Kraft zu schaffen, führt mich die Rampe doch ausnahmsweise nicht zu irgendeinem fremden Kunden, sondern zu meinen Freunden.

Schon bin ich an den Landungsbrücken vorüber und auf die Davidstraße gebogen, die nun in steter Steigung erst auf das Niveau der Reeperbahn führen wird, um dann schließlich – nach einem auf einmal ganz flachen Stück – an der legendären Polizeiwache in sie zu münden. Langsam entfernt sich zu meiner Linken die Hafenstraße, von dem unwahrscheinlich düsteren Band der Elbe nur durch die rettende Flutzschutzmauer getrennt. Am längsten bleibt noch ein einzelner Frachter im Blick, der Richtung Nordsee ausläuft und so einige Zeit parallel zu mir fährt. Ähnlich schwerfällig kommen wir beide voran: Sie sind selten, aber auch in Hamburg gibt es sie, die Momente, in denen man sich einen zweiten Gang am Fahrrad wünscht.

So dreckig und grausam dieser Kiez auch sein mag, nach einem derartigen Anstieg geht für mich doch immer etwas Erhabenes von ihm aus. Die nun schon bald den Zenit erreichende Finsternis tut ihr Übriges dazu: Dem ersten Blick entzieht sie die Missstände, während sie gleichzeitig den reichlichen Leuchtreklamen zu voller Wirkung verhilft. Verzaubert wie eine Motte schaue ich dem Glitzern entgegen, mit dem die Reeperbahn auf diese Weise vom anderen Ende der Straße lockt. Doch so weit werde ich gar nicht müssen. Der Menschenzoo liegt noch davor, direkt gegenüber der wahrscheinlich berüchtigtsten Adresse Hamburgs: der Herbertstraße.

Seit mehr als hundert Jahren ist diese Gasse schon ganz der Prostitution vorbehalten. Selbst im Nationalsozialismus lief das Geschäft hier weiter, wenngleich damals an beiden Enden jeweils ein Sichtschutz angebracht wurde, der unbeteiligten Passanten jeden Einblick unmöglich macht. In den 70ern wurden diese Vorrichtungen noch um Tafeln erweitert, nach denen Kindern und Frauen der Zutritt grundsätzlich verboten ist. Wer Essen bringt, haben mir Kolleginnen berichtet, ist davon aber ausgenommen. Bisher ein Mal musste auch ich in eines der dortigen Bordelle liefern. Nie vergessen werde ich, wie die Puffmutter mich anherrschte, den bürgerlichen Namen des Mädchens bloß nicht noch einmal so laut auszusprechen, dass es jeder in der Gasse hört.

Ich bin wieder etwas zu Atem gekommen und dementsprechend

ernüchtert: Der anfängliche Eindruck von Erhabenheit ist geschwunden und nun sehe ich sie auch hier in der Davidstraße überall stehen: Junge Frauen in zu dünner Kleidung – nicht etwa weil sie der Wintereinbruch überrascht hätte, sondern wegen der vorbeikommenden Männer. Alle paar Monate kommt es vor, dass sich im großen Chat einer der Fahrer darüber beschwert, von ihnen angepöbelt worden zu sein. Die Geschichte ist dann immer die selbe: Er hat sein Fahrrad nicht an eine Laterne oder an ein Straßenschild geschlossen, sondern gegen die Hauswand gelehnt und damit eine der Prostituierten um ihren Stammplatz gebracht. Ansonsten ist die Foodora-Uniform aber, vielleicht noch gemeinsam mit derjenigen der Polizei, ein Garant dafür, von den Mädchen im Vorbeigehen nicht behelligt zu werden. So kann ich mein Fahrrad nun auch ruhig die letzten Meter schieben, ohne dass sich mir eine von ihnen – anders als allen Männern vor wie hinter mir – in den Weg stellen würde. Ist das schon von ihnen entgegengebrachter Respekt, oder einfach pragmatisch?

Im Souterrain unter einer Karaoke-Bar befindet sich der sogenannte Menschenzoo und spätestens am Ende der kurzen Treppe wundert sich niemand mehr über den Namen: Bereits durch ein kleines Bullauge in der Eingangstür erahnt man die zahlreichen Käfige, von denen hier jede Sitzgruppe umschlossen ist. Zu mutmaßen bleibt den Gästen noch, ob die Gitter schon immer lediglich Dekoration waren, oder doch irgendwann mal zu einem anderen Zweck installiert wurden. Zum Beispiel um Essenslieferanten abzuhalten, ärger ich mich und manövriere mühsam meinen Rucksack durch die zu enge Öffnung des richtigen Käfigs hindurch.

Nun erkennen sie mich – beziehungsweise erkennt mich die eine Hälfte, während die Erstsemester mich noch misstrauisch mustern. Ich stelle mich kurz vor, murmle irgendetwas von Storno und beeile mich die Kartons auf den Tisch zu stellen. Gerade rechtzeitig – es wird mir schon ein erstes Bier hingehalten und auf den Bänken eine Lücke freigemacht – piept mein Handy im bekannten Ton. Den eingegangenen Befehl auf dem Bildschirm vorzeigend, entferne ich mich unter Bedauern und bin nach einem letzten Ruck an meiner Tasche schon wieder aus dem Käfig heraus. Auf dem Weg zur Tür höre ich noch ein Mädchen an der Theke nach einem Messer fragen. Die Stimme kommt mir vertraut vor, doch schon beim Aufschließen meines Rads kann ich niemanden der Anwesenden mehr beim Namen nennen.

8 Schanzenviertel

Erst jetzt schaue ich mir die eben noch in der Runde herumgereichte Order selbst an: Der McDonalds auf der Reeperbahn ist ganz nah und nun dorthin zu müssen, auch wegen der späten Stunde alles andere als eine Überraschung. Je weiter der Abend voranschreitet, desto mehr Fast Food wird bestellt; nicht zuletzt weil um – ich schaue seit langem wieder auf die Uhr – kurz vor 21:00 viele Küchen der klassischen Restaurants bereits erkalten. Umso verrückter erscheint gleichzeitig der Inhalt dieser Bestellung: Happy Meals – nicht zwei, nicht drei, sondern gleich zwei Dutzend.

So viele Fragen sich mir auch stellen, eines weiß ich immerhin: Da für eine so große Bestellung selbst unsere riesenhaften Rucksäcke zu klein sind, werde ich sie mit einem anderen Fahrer gemeinsam ausliefern. Neugierig halte ich so schon von der anderen Straßenseite Ausschau, wer das sein wird. Ich habe Glück: An der Laterne schräg vor dem Eingang leuchtet silbern ein Trekkingrad auf, bei dessen Anblick ich mich sofort freue. Sein Rahmen ist nämlich komplett in Reflektorfolie eingeschlagen, was die recht einzigartige Angewohnheit eines sehr sympathischen Kollegen ist.

Selbst im McDonalds ist jetzt nicht mehr viel los. So hat besagter Kollege gleich eine ganze Sitzgruppe für sich beansprucht – auf dem Hocker neben ihm sein anscheinend schon gefüllter Rucksack. Wir begrüßen uns mit zum Victory-Zeichen ausgestreckten Fingern. Auch ohne rechten Sieg, den es zu erhoffen, geschweige denn zu feiern gäbe, hat sich diese Geste irgendwie als Gruß unter den Fahrern eingebürgert. Der nahende Feierabend vielleicht? Das käme einem Triumph wohl noch am nächsten.

Er bedankt sich auch gleich, dass ich ihn etwas habe warten lassen, was bei solch einem Wetter hoffentlich gar nicht sarkastisch gemeint sein kann. Die Order hat er bereits übergeben bekommen und öffnet auch schon seinen Rucksack, um mir einige der durchaus noch warmen Tüten zu reichen. An deren Stelle verstaut er darin nun eine größere Plastikbox, welche die ganze Zeit schon auf einem Nachbartisch stand. Ich hatte sie bis jetzt – immerhin fehlt ihr jedes Branding von Foodora – gar nicht mit uns in Verbindung gebracht. Auf meinen verwirrten Blick hin wackelt er mit seinen Rucksack vor dem Aufsetzen noch einmal kurz, woraufhin ein vielstimmiges Rasseln im Inneren hörbar wird: „20 Happy Meals, 20 Spielzeuge", verkündet er bedeutungsschwanger und nun bestimmt sarkastisch. Welches davon wir uns ausgesucht hätten, klären wir auf dem Weg zur Laterne, an der jetzt auch mein Rad steht.

„War ja klar", höre ich meinen Kollegen mit Blick auf sein Handy seufzen. Schnell checke ich die App und nun kann ich es auch sehen: Nicht etwa zu den unverantwortlichen Eltern einer Großfamilie werden wir die Happy Meals bringen, sondern einem uns nur allzu gut bekannten Start-Up im Schanzenviertel. Scheint es unter der Woche noch so, als würden wir quasi jedes Hamburger Büro beliefern, in welchem bloß irgendjemand unter 40 arbeitet, werden diese Aufträge während der Sonntagabend-Schicht zur krassen Ausnahme. Jetzt verbleiben nur noch eine Handvoll Unternehmen als übliche Kunden, von denen wiederum fast alle im Kontorhausviertel liegen und etwas mit „Trading" oder „Finance" im Namen haben.

Selbst innerhalb der Ausnahme bildet dieses Start-Up also noch einmal die Ausnahme. Im Grunde entsprechen sich die Bestellungen zwar: entweder ein Salat und eine Cola für einsame Überstundensammler, oder in rauen Mengen Fettiges und Bier für die gemeinsame Feier irgendeines erfolgreichen Abschlusses. Aber hegt man gegenüber den Möchtegern-Hanseaten in der Innenstadt noch guten Gewissens einen Groll, wenn uns Mal wieder das Trinkgeld versagt bleibt, sind die Verhältnisse beim Start-Up komplizierter: Plötzlich öffnet einem kein Mittfünfziger im gut geschnittenen Anzug die Tür, sondern in ganz abgerissenen Klamotten ein Gleichaltriger, der als Praktikant möglicherweise noch weniger verdient als man selbst – vielleicht sogar überhaupt nichts.

Hein-Hoyer-Straße und Neuer Pferdemarkt gehen noch, aber spätestens ab dem Kopfsteinpflaster vom Schulterblatt ist das Rasseln des Spielzeugs nur noch schwer zu ertragen. „Immerhin bin ich so so gut zu hören!“, ruft mein Kollege, schüttelt seinen Rucksack absichtlich noch etwas mehr und grinst mich verschmitzt an. Ob er damit auch seinen Unfall meint? Wir biegen in einen spärlich beleuchteten Hinterhof, in dessen Zwielicht das Vernarbte seines Gesichts fast nicht zu erkennen ist. In der grellen Beleuchtung der McDonalds-Filiale, war noch jedes der vielen lilanen bis grauen Male ganz deutlich zu Tage getreten. Ich weiß nicht, ob er oft gefragt wird, was ihm passiert ist. Wahrscheinlich glauben heutzutage die meisten an eine überstandene Akne – vor 100 Jahren hätte man jeden derart vernarbten Zwanzigjährigen mutmaßlich für einen Kriegsversehrten gehalten, vor 200 Jahren wohl noch Schmisse darin erkannt.

Mir hatte er es eines Tages von sich aus erzählt: Irgendwann im letzten Winter war er die Waterloostraße heruntergefahren, als sich die Tür eines geparkten Autos so plötzlich öffnete, dass ihm keine Zeit mehr zum Ausweichen blieb. Ob des auch dort verlegten Kopfsteinpflasters war er immerhin nicht sonderlich schnell unterwegs gewesen, doch reichte es, um mit seinem Helm die Fensterscheibe zu zertrümmern. Die meisten der Splitter hatten dann Eingang in sein Gesicht gefunden und mussten anschließend über Tage hinweg wieder herausoperiert werden. Einige HappyMeals im Rucksack hätten das alles vielleicht verhindern können.

Trotzdem wirken die Mitarbeiter des Start-Ups nun eher verlegen. Mit einem Fahrstuhl, in dessen Licht die Narben meines Kollegen noch einmal aufblitzten, sind wir in die oberste Etage einer gläsern ausgebauten Backsteinkonstruktion gefahren. Nun stehen wir an der Schwelle des Büros und drei beinahe noch Jugendlichen gegenüber. Diese hat man anscheinend dazu verdonnert, das per Tastatur beziehungsweise Touchscreen Erbeutete in Empfang zu nehmen. Besonders für die Box mit dem Spielzeug – bei der mein Kollege es sich nicht verkneifen kann, sie vor der Übergabe noch ein letztes Mal kräftig zu schütteln – mag niemand so recht zuständig sein. So unsicher wirken die drei, dass wir uns auf dem Weg nach draußen einig sind, ihnen das ausgebliebene Trinkgeld nicht übel zu nehmen.

Den Lift, den wir eben noch genommen haben, lassen wir jetzt – wie eigentlich immer – oben stehen. Das machen wohl die meisten so und liegt bei uns einfach daran, dass in den Fahrstühlen kein mobiles Internet zu bekommen ist. Auf der Strecke vom Kunden zurück zum Rad brauchen wir die App aber gerade am dringendsten: Jetzt gilt es sich, schnell alle Informationen der nächsten Order einzuprägen, um später möglichst nicht noch einmal mühsam das Telefon hervorkramen zu müssen. Darum verlieren wir jetzt nebeneinander auf der Treppe auch nicht mehr viele Worte, sind wir doch ganz mit unseren Smartphones beschäftigt – einer von uns zumindest.

Während bei mir das Telefon noch nichts von sich gibt und auch keine derartigen Anstalten macht, hat mein Kollege direkt eine neue Order bekommen: „Ach nee, jetzt auch noch Pizzen in die HafenCity." Statt meinem bösen Verdacht nachzugeben und ihn zu fragen, in welche Straße genau, starre ich lieber weiter auf den Bildschirm vor mich. Nach wie vor bin auf der Karten-App aber allein ich zu sehen – als einsamer blauer Punkt, der sich in den Windungen der Treppe immer nur um sich selbst zu drehen scheint. Wenn das Schönste an diesem Jobs die Fäden sind, die sogar das sonst durch alles Getrennte zu einen vermögen, dann muss dieses von allen das schrecklichste Bild sein: So lang und steil die Treppe auch sein mag, so sehr man sich auf ihr auch anstrengt, kein Stück scheint man vorwärts zu kommen.

Nachdem ich meinen Kollegen schweren Herzens verabschiedet habe, bleibt mir immerhin ein wenig Zeit für mich. Ich beschließe, bis entweder mein Handy zu piepen anfängt oder ich zu frieren, mich auf den eh leeren Bürgersteig zu setzen und in Gedanken zu versinken. Eine Freundin schrieb einmal, ein Essenslieferant habe eine Million Ziele und keines. Schon im typischen Körperbau des Radfahrers scheint sich diese Rastlosigkeit abzubilden, denke ich und befühle meine an den Oberschenkeln zu enge Hose. Vielleicht gibt es dementsprechend überhaupt zwei Arten von Menschen: Hat jemand seinen Platz in der Welt gefunden, braucht er die Beine nicht mehr, um in ihr umherzuwandern, sodass die dortigen Muskeln notwendigerweise verkümmern. Gleichzeitig wächst demjenigen die Kraft im Oberkörper, mit der er die Welt nun nicht mehr nur beobachtet, sondern in sie einzugreifen beginnt.

9 Ottensen

In dem Moment, in dem mein Handy piept, ist mir auf einmal auch kalt: Zum Abschluss also doch noch einmal nach Ottensen. Ich rolle zurück auf den Schulterblatt, der mittlerweile total still ist. Kein Wunder: Normale Leute müssen jetzt schlafengehen. Schicksal und Asphalt teilt man um diese Zeit eigentlich nur noch mit den

Taxifahrern, von denen jetzt aber auch jede Spur fehlt. Der Schnee schluckt gierig das Wenige, das an Geräuschen trotzdem entsteht. So unerträglich wird das Schweigen, dass mir inzwischen so gut wie alles recht wäre, um es zu vertreiben – selbst das verdammte Rasseln im Rucksack meines Kollegen. Ich versuche an irgendeine Melodie zu denken, die ich summen könnte, aber komme auf keine.

Ich bin auf die Max-Brauer-Alle gebogen und diese bis zur Sternbrücke hochgefahren, als mir endlich etwas einfällt – zwar keine Melodie aber etwas ähnlich Rettendes: Unendlich lange scheint es heute her, aber bestimmt ist es vor nicht mal einem Monat gewesen. Das Wetter war noch so schön, dass sich Freunde von mir zu einen Abend im Park verabredet hatten. Ich war damals schon für eine Schicht eingetragen, hatte aber versprochen, direkt im Anschluss an diese nachzukommen. Neben Wechselklamotten packte ich vor Arbeitsbeginn auch einen kleine Box ein, über die wir Musik hätten hören können. Am Ende trieb mich der Algorithmus jedoch in ganz entfernte Bezirke und teilte mir kurz vor Feierabend eine solch langwierige Order zu, dass sich alles nicht mehr lohnte und ich schließlich nie auftauchte. Bald danach war das Wetter so geworden, dass man sich nicht mehr in Parks setzt und ich die Musik-Box seitdem nicht wieder brauchen konnte. An sich müsste sie also noch in meinem Rucksack sein.

Ich fahre rechts ran – und tatsächlich: In einer Seitentasche, in der ich sonst mein Werkzeug deponiere, werde ich, zwischen Flickzeug und Maulschlüssel, schließlich fündig. Für ihre Größe, fast exakt die Maße einer Zigarettenschachtel, ist die Box erstaunlich laut. In der Hoffnung, genügend Töne mögen es durch die Isolierung schaffen, belasse ich sie einfach im Rucksack. Nachdem ich mein Telefon per Bluetooth gekoppelt habe, bleibt die Frage, was ich eigentlich anmachen möchte. Ich wische mich durch die Alben meiner Mediathek und bleibe endlich bei einem hängen, dessen Cover zumindest so wirkt, als passe es gut: Vor grünstichigem Nachthimmel ist ein weißes Holzhaus zu sehen, das mit seinen gülden erleuchteten Fenstern den wahrscheinlich im Vorgarten postierten Beobachter in sein Inneres einzuladen scheint. Eine Tür fehlt auf dem Bild gleichzeitig. Doch durch eine solche zu schreiten, scheint eh unvorstellbar – so überwältigend ist das Haus durch die eigenommene Perspektive in Szene gesetzt. Selbst jetzt Play zu klicken, kostet noch etwas an Überwindung.

Es gibt einen Kanal auf YouTube, dessen Betreiber berühmte Pop-Songs hochladen, was an sich noch nicht erwähnenswert ist. Doch bearbeiten sie mit Computerprogrammen diese Stücke jeweils so, dass es klingt, als würden sie an einem besonderen Ort, oder unter bestimmten Bedingungen abgespielt werden: zum Beispiel in schlechter Qualität von einer abgenutzten Schallplatte; in einem leeren Einkaufszentrum, in dem es ordentlich hallt; oder als Aprilscherz auch mal im Weltraum, sodass einfach gar nichts zu hören ist. Von dem Album jedenfalls, das ich jetzt ausgesucht habe und dessen erste Takte nun schon verklungen sind, haben sie auch einen Song nach diesem Muster manipuliert: „playing outside a party you weren't invited to“ haben sie das Setting genannt und das offizielle Cover demgemäß um einen Mittelfinger ergänzt, der den hellen Fenstern entgegengestreckt wird.

Nicht umsonst muss ich an all das jetzt denken: Der gedämpfte Sound, den sie für die besagte Situation entwickelten – genau so klingt das Album im Augenblick auch. Wirklich so, als feiere da jemand in meinem Rucksack eine Party, zu der ich nicht eingeladen wurde. Eine Party, die auch noch weitergehen würde, wenn ich schon lange auf dem Asphalt liegengeblieben bin. Vielleicht wäre das ja eine Idee für den Kanal: „playing on a bluetooth speaker stored inside your Foodora backpack during a lonely Sunday night shift“.

Durchaus befriedigt stelle ich mich der Max-Brauer-Allee wieder: Immer weiter muss ich sie hoch, passiere auch die Kreuzung, an der ich mich vor drei Stunden gerade noch rechtzeitig eingeloggt habe, schere letzten Endes rechts in Richtung Lessingtunnel aus: Verrußter Stahl, von Tauben verdreckte Plakate, schummriges Neonlicht – kaum ein Altonaer Rapper, der hier noch keinen Videodreh gemacht hat. Am anderen Ende beginnt Ottensen, das aber schon lange nicht mehr hält, was der Tunnel noch verspricht. Wie das in den vergangenen 20 Jahren alles genau vonstatten ging, wissen andere besser. Auf alle

Fälle hat Ottensen heute mehr vom alten Elbtunnel: ganz schick, um mit Hamburg-Besuchern mal eine halbe Stunde durchzulaufen, aber viel mehr auch nicht.

Immerhin, am Spritzenplatz stehen tatsächlich noch einige Punk-Veteranen und trotzen Zeit wie Kälte mit bemalten Lederjacken, viel Bier und einer eigenen Anlage: dröhnend und deutlich größer als eine Zigarettenschachtel. Grund genug, der bescheidenen Party in meinem Rucksack ein Ende zu bereiten. Sowieso liegt hier schon der Inder, zu dem ich muss und dessen Gäste als Hintergrundmusik vielleicht Bollywood-Soundtracks tolerieren würden, aber bestimmt nicht Midwest Emo.

Gelegentlich werde ich von Bekannten gefragt, ob ich ihnen nicht mal ein gutes Restaurant empfehlen könne; ich wäre da durch meinen Job doch bestimmt bewandert. Ich geb dann gerne Auskunft, wo die Inneinrichtung gelungen ist und vielleicht noch wo gut geheizt wird, aber zum Wesentlichen, dem Essen selbst kann ich in der Regel nichts sagen. Umso spannender ist für mich die seltene Ausnahme, dass ich von solchen Läden etwas abhole, in denen ich früher schon privat gewesen bin, was jetzt das erste Mal während dieser Schicht der Fall ist. Nämlich hatte ich zum Ende meiner Schulzeit einige Jahre ganz in der Nähe gelebt und war damals mit meiner Familie ab und zu hier gewesen. Vielleicht auch mal am Sonntagabend? Ein Alter war es immerhin gewesen, in dem ich den Tatort zwar schon gucken durfte, aber noch nicht wollte.

Ich trete ein und bin ganz erleichtert, wie freundlich ich begrüßt werde. Vorgekommen ist es nämlich schon, dass ich in einem Laden, in dem ich am Abend zuvor als Gast noch die zuvorkommendste Behandlung genoss, tags drauf von den selben Angestellten als Fahrer maximal herablassend behandelt wurde. Und wahrscheinlich, muss ich eingestehen, hatten sie damit sogar recht. Dies aber ist einer der vielleicht nicht korrekten, aber dafür schönen Fälle, in denen die Angestellten mich auch in Pink noch anlächeln und mir am Ende sogar beim Einpacken der Lieferung helfen.

Der Name des Kunden, für heute gewiss der letzte, kommt mir vertraut vor. Es dauert etwas, aber dann bin ich mir sicher: es ist keine Bekanntschaft aus meinen Ottenser Jahren – beziehungsweise eigentlich doch. Ich hatte seinerzeit als Abiturient noch die Süddeutsche abonniert, in deren Feuilleton immer wieder dieser Name vorgekommen war; meist im Rahmen euphorischer Besprechungen, wenn er wieder einmal einen Roman veröffentlich hatte. Aber ist das nun wirklich der selbe Mensch? Lebt der überhaupt in Hamburg? Ich versuche, ihn zu googlen, doch scheitere an den vielen diakritischen Zeichen, die sich auf der Tastatur nirgends finden lassen.

Immerhin habe ich noch ein schemenhaftes Gesicht zu dem Namen behalten. Folglich sage ich mir, dass ich ja so oder so zwangsläufig gleich alles erfahren werde und mache mich einfach auf den Weg. Harkortstraße – wohnen dort Schriftsteller? Dem Klischee vom Elfenbeinturm entspricht die Adresse jedenfalls ganz und gar nicht: Durch den Lessingtunnel werde ich wieder müssen und dann direkt nach links. Von da aus führt die Harkortstraße dann immer nach Norden, vorbei an Holsten-Brauerei und Gleisdreieck. Nur wenige Gründerzeitbauten sind dort von den Bomben des Zweiten Weltkriegs verschont geblieben und stehen seitdem, gleich den restlichen Zähnen eines eingeschlagenen Gebisses, recht unsinnig in der Gegend herum. Bewohner fristen auf der Ecke also schon seit Generationen nicht mehr als ein Nischendasein, was sich aber in ein paar Jahren ändern soll: Dann wird der Fernbahnhof verlegt und das Gleisdreieck sich zu einem Quartier entwickeln, das sogar ohne Binnenmajuskel im Namen auskommt: Neue Mitte Altona.

Wenn ich in die Harkortstraße lenke, überrascht mich, wie weit der entsprechende Bebau schon fortgeschritten ist. Im Frühjahr erst hatte man das Areal von allen Büschen und Sträuchern befreit, wodurch es im Sommer zu einer regelrechten Versteppung kam. Nun ist die Fläche aber versiegelt worden, was das Sprießen sowieso nur noch im übertragenen Sinne erlaubt: Zahlreiche Konstruktionen stehen mittlerweile hier, über deren genaue Gestalt sich indes noch nicht viel sagen lässt. Alles ist nämlich noch, wie aus Scham über den plötzlichen Wachstumsschub, von Gerüstplanen umhüllt. Immerhin die Größe lässt sich schon abschätzen: Bewegen sich die Schornsteine der benachbarten Brauerei noch in einer anderen Sphäre, ist an einigen Stellen durchaus schon die Augenhöhe zu den sporadischen Altbauresten der anderen Straßenseite erreicht.

Gerade inmitten eines Abschnitts, auf dem durch dieses Zusammenspiel ausnahmsweise so etwas wie eine Straßenschlucht entstanden ist, befindet sich nun die angegebene Hausnummer. Dass der Name eines Kunden auf keinem der Klingelschilder zu finden ist, kommt selbstredend häufig vor, praktisch in jeder Schicht einmal. Üblicherweise frage ich mich dann aber nicht, ob das bei der Bestellung Mitgeteilte lediglich ein Künstlername gewesen ist oder die Prominenz des Kunden am Ende einfach derart groß, dass er sich lieber gar nicht erst für alle Passanten so sichtbar angebracht sehen möchte. Unabhängig vom möglichen Grund bleibt, was ich nun tun muss, aber natürlich das gleiche: erst einmal schauen, ob der Kunde selbst was Klärendes dazu geschrieben hat.

„Die Harkortstraße ist falsch, wir wohnen am neuen Lille Torv. Sorry!“ Lille Torv? Lille? Torv? Weder das eine noch das andere habe ich je gehört. Zumindest sind die Buchstaben die gängigen, was das Googlen diesmal leichtmacht. Informiert werde ich zunächst, dass das dänische Wörter sind, die klein und Platz bedeuten, was irgendwie Sinn ergibt, irgendwie aber auch nicht. Es kann mich jetzt nämlich nicht mehr wundern, dass die nächsten Häuser mit dieser Adresse irgendwo in Aarhus zu liegen scheinen. Wurde ich gerade wirklich nach Dänemark bestellt? Gestern Taxi nach Paris, heute Foodora nach Aarhus?

Gelegentlich hat man jemanden, der eigentlich knapp außerhalb des Liefergebiets wohnt, sich aber durch eine zum Beispiel falsch angegebene Hausnummer doch noch in das System hineinmogelt. Um einige hundert Meter – nicht Kilometer! – der Abweichung geht es dann aber maximal; und selbst die fühlen sich schon abenteuerlich genug an und werden von den Dispatchern auch nur widerstrebend gestattet. Bevor ich den aber kontaktiere und mich am Ende ganz lächerlich mache, scrolle ich lieber weiter durch die Ergebnisse. Auf der dritten Seite werde ich endlich fündig und somit gerade noch rechtzeitig: Viel mehr an huldigenden Infos über die „zweitgrößte Stadt Dänemarks" hätte ich nicht ausgehalten und ich wäre spätestens im Sommer-Urlaub dort gelandet.

Der erste deutschsprachige Treffer ist also gleich einer ins Schwarze: Sogar eine bunte, recht detaillierte Karte beinhaltet der Artikel „Straßennamen für Mitte Altona stehen fest", in deren Zentrum wirklich ein Lille Torv verzeichnet ist. Skeptisch schaue ich der anderen Straßenseite entgegen: Bewohnbar wirkt, was ich da sehen kann, nicht gerade; und auch meine App zeigt für das ganze Gebiet nach wie vor nichts anderes als Gleise und Brachland an. Wenigstens scheint die Harkortstraßen-Hausnummer nicht ohne Bedacht gewählt worden zu sein. Nach der bunten Karte, die noch immer als einzige einen Hamburger Lille Torv kennt, befinde ich mich bereits perfekt auf der Höhe dieses sagenhaften Platzes. Und nicht nur das: Der unscheinbare Schotterweg gegenüber, der müsste sogar direkt zu ihm führen. Ein improvisiertes Straßenschild, das ich an dessen Ecke nun außerdem ausmachen kann, beseitigt letzte Zweifel: „Elfriede-Land-Weg“ – der Name war beim Google-Treffer gleich als erstes gennant worden.

Obwohl ihn noch niemand mit Laternen versehen hat, ist der Pfad hell genug, dass ich mich nicht zu fürchten brauche: Gerade ist der Mond aufgegangen, von dem ich in der ersten Sekunde dachte, es wäre die Leuchtreklame einer der vielen Baukräne. Das neue Licht tritt nun in ein Wechselspiel mit dem ganzen Schnee, der hauptsächlich auf der Erde liegt. Vereinzelt aber auch noch aus den umliegenden Gerüstplanen herabrieselt, in die er vom Sturm geweht worden ist. Mein Kunde ist Schriftsteller genug, um zu wissen, dass ihm unter diesen Umständen gar nichts anderes übrig bleibt, denn als Silhouette auf einmal aus einem schummrigen Hauseingang herauszutreten. Und genau das macht er auch. Ich weiß sofort, dass er es tatsächlich ist und verliere gleichzeitig jede Ahnung vom inneren Bild, das ich eben noch von ihm vor Augen hatte.

„Wir werden den Tag feiern, an dem Google uns endlich ins ein System integriert hat. Nicht auf Maps zu sein, bedeutet so gut wie unsichtbar zu sein.“, begrüßt er mich. Und dann noch: „Toll, dass Du es trotzdem geschafft hast“, was mich mehr berührt, als es vielleicht sollte. Er fragt auch gleich nach den Arbeitsbedingungen bei Foodora, die mittlerweile so häufig in der Presse besprochen werden, wie er selbst vor ein paar Jahren noch. Ich weiß da nie so recht, was ich sagen soll: Alles, was ich an der Arbeit nicht mag, könnte ein anderer mögen – und umgekehrt, versteht sich.

Essen und Trinkgeld werden getauscht und auch noch ein paar Worte, bis das Gespräch dann doch ziemlich bald verstummt. Wie bei einer ausnahmsweise ungenutzte Grünphase an einer eigentlich belebten Kreuzung, überfällt uns die Stille plötzlich und wir verabschieden uns schnell. Ich drücke ein letzte Mal „Ausgeliefert“, um mich nicht mehr so zu fühlen, logge mich aus meiner App, nehme einen tiefen Atemzug und bin schon wieder auf meinem Rad. Um 21:45 werden sie den Tatort auf One wiederholen, was ich schaffen kann.

ISBN 978-3-7467-6632-4
9 783746 766324 00003
www.epubli.de